消え残った
ペンとノート

ISHIKAWA Mizuho

石川みずほ

文芸社

生きづらさを感じている人、学校へ行けていない人、職に就けていない人、目標がわからない人、不安の中にいる人、恐怖でいっぱいの人など、悩んでいる人や苦しい思いをしている人に読んで欲しいです。そして、作品のどこか一文字でもいいので、読んだ人が心に何かを感じたり、誰かの記憶に残って欲しいです。

　親子の話すきっかけ、誰かと繋がるきっかけになれたら嬉しいです。

目次

溢れる言葉の力

ＳＯＳ

溢れる言葉の力

あいさつ言葉

はじめまして
無限の可能性を感じた言葉
さようなら
力尽きたのを想像させる言葉
どんな出会いでどんな言葉で
今日は変わる？

言葉の花

好きな言葉をテキトーに書いていく
真っ白いノートに
たくさんの好きな言葉の花が咲く
桜より綺麗で心が優しくなる

当たらない言葉

真っすぐに書いた文字は右上がり
いつもの癖が表れる
話したくて言いたくて
真っすぐに言った言葉は的外れ
伝えたいことは上手くいかない

素直な脅威

思っていない言葉を言った
知ってることを言った
それだけ
ただそれだけなのに
あの子は泣いた

勘違いの正解

計算する授業に欠席する
いつも答えは不正解
言葉を使う日常に出席する
いつも間違える
日常にある世界に正解はない

そのまま

言えない言葉がたくさんある
言える言葉もたくさんある
伝わるなんて
気にしたくない
言葉は言葉でいてほしい

答えられない答え

月を見て綺麗と思わない私は変ですか？
星を見て願い事をしない私はおかしいですか？
目を見て不思議に伝える
私は言葉が足りなくて
頭が悪くて答えられない
ごめんね
そうしか言えなくなった

さりげない救い

あなたは言ってくれた
笑うことは大事だけど
生きていくには
泣くことも必要だって
その言葉に私は何度も救われた

あいうえお、わをん

言葉の最初から最後まで伝える
「あ」から「ん」まで使って伝える
それでも伝わらない
伝わらないばっかり
頭の中にある言葉はもうなくなっている

言葉は怖い

ひと言で何かを失う
ひと言で何かを知る
関係ない言葉でも
強いひと言になる
だから怖いこともある

私も思った

あなたがもし消えたいと言っても
正確なことは言えない
でもね、これだけは言いたい
同じことを言葉にしたね

友達

あなたに友達がいないなら
私が友達になる
だって
私の言葉に共感してくれたでしょ？

ちょうどいい

本当のことを言えば言葉はどこかへ消える
ウソを言えば自分の心はどこかへ消える
ちょうどいい言葉を探す
ちょうどいいものを探す

迷い

溢れるくらい私の中には言葉がある
それなのに伝えられない
言葉が出てこない

消えていく

息を吐くと白くなる
すぐに消えてしまう
何もなかったように
言葉も消えていく
傷ついた言葉を残して

装う

これが本当にいいのかわからない
自分の言葉が人を傷つけないか
一つ一つ、慎重になる
慎重になりすぎた言葉は私じゃない
いい人間を装っているだけ

傷つけたくなかった

言いたくなかった
自分を守るために言った言葉だった

あなたを傷つけた
言いたかった言葉を間違えた

素直になりたいのに自分を偽る

あなたの傷を見ないフリしていた
私はずるい人間

傷つけたのに逃げてしまった
苦しめたのに助けられなかった

あなたは笑いながら言った

うそつき

私の心は汚かった
真っ暗な心に透明の涙が流れる

言いたかった
あなたへのごめんね

泣きながら言う言葉には説得力も
責任感もないかもしれない

ただ言えるのはありがとうの言葉だけ

あなたへの感謝だった

あまのじゃく

ゆっくり待ってほしい
気づいてほしい
グチャグチャな気持ちが邪魔する
素直になりたい
言いたいのに
違う言葉が出てくる

文字の行方

何のために書いているのだろう
読んでもらう確率は低そう
自分に浸ってるだけかもしれない
読んでほしいなんて
おこがましい
何のための言葉たちかな
読んでもらうために生まれたんだよ

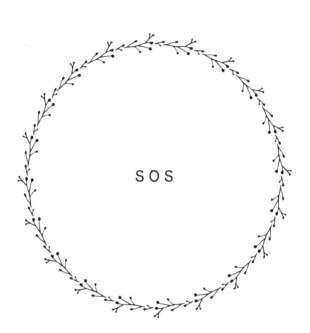

SOS

助けて

泣けない
行き場がない
だから、うずくまる
心を閉じる
ひとりでいるのも疲れたよ

孤独

どの不安も誰にもわからない
体が震えるほど怖くて怖いの
そんなの知らないよね

聞きたい言葉

笑えない時は笑えなくていいの
叫びたい時は叫べばいいの
こんなこと言われたことないんだよ

わたしに普通

普通になりたい
みんな笑って
私は泣いて
いつもこうなの
私の両手にはなにがあるの？

身体反応

顔がひきつる時は私のＳＯＳ
手が震えてるのは私のＳＯＳ
嫌だからひきつるんじゃない
逃げたいから震えるんじゃない
怖いだけなの

先が見えない

夢がないとか
希望がないとか
そんなの前からなんだよ

届いてますか？

泣くたびに思う
私は生きていていいの？
叫ぶたびに思う
生きていたいよ

暗くなったら怖い

影を踏むと私の体は消える
日が沈むと私の心は消えていく

ウソの履歴書

情けない空白をくだらないウソで
書いていく
紙は真っ黒になるのに
自分の心は空白になる
何も感情が湧かない
そして悲しくなる
紙の上に透明な涙が一粒こぼれた

口癖

ううん、大丈夫だよ
私の口癖
いつも笑って言うの
だから誰も気づかない
私の叫びに
ＳＯＳに

ごまかす

作り笑顔
どんなときも必要
そう信じていた
なのにわからないうちに
自分を殺していた
そんな私だった

実家

泣きたいよ
泣いてしまいたいよ
こんなときの
感情の置き場所がないの
感情にも帰る家があればいいのに

止まらない涙

泣いてすむなら泣いてやる
何も変わらないよ
前を向きたいのに涙が止まらない
目の前が霞んで見えない

余裕

時間が解決する？
それは余裕のある人の言葉でしょ
私は余裕なんてないよ

消してほしい

透明の涙が流れる
音もなくただ頬に流れる
悲しいことも悔しいことも
涙は消してくれない
それなのに涙は流れる

泣いた後悔

泣きすぎた目は腫れる
泣かなきゃよかった
小さくなった目
後悔はしたくなかった
いつも涙は勝手に
流れてしまう

あなただけじゃない

つらい思いをしている人がいた
つらくなって悲しかった
気持ちの置き場所がどこにもない
何もできない
手を握って温めることもできない
私に力なんてない

悔しい

疲れたよ
生きていることがなんて
大きなことは言わないよ
今を過ごしているだけなのに
何も進めてない
自分にかける言葉もない

いい子

気づいてる？
私、作り笑いだよ
あなたの前では
明るい子でいなきゃ
いい子でいなきゃ
それが私の悪いところ

個性的

同じが正しいわけじゃない
なのに同じにする
周りと違うのが怖かった
同じがよかった
今は個性がないのがつらい
私には何もない

人の傷

人を傷つけない
そんな方法あるなら
きっと人を笑顔にする方法はないのかも
傷つけたくない
だけど傷つけちゃう
気持ちがグチャグチャ

お願い

つらいのも苦しいのも
消えちゃうのも私だけでいい
大切な人を奪わないで
私の命と交換して欲しい
出来なくてもして欲しい

痛々しい

傷は私だけのもの
傷つけられたのも
私だけのもの
いくら涙を拭いても
いくら傷を隠しても
痛いよ
痛くてたまらないよ

ナミダ

涙はしょっぱい
心に流れると痛いの
塩はしょっぱい
心につけると痛いの

悪魔がいる

私の心に住む悪魔よ
どうか消えてくれ
私の願いなんて
どこかに飛んでいった

いじめ

絶対に笑う魔法はないのに
絶対に泣いてしまう方法はある
この世の中は残酷だ

神様

泣くために生きてない
涙を流すために
ここにいるわけじゃない
笑うなんて大きい願いはないし
楽しみは求めない
それでも
生きていく
そして生きる
これでいいですか？

隣り合わせ

優しさの隣には心がある
不安の隣には強さがある
意地の隣には後悔がある

会話

みんな私の気持ちなんて
わからない
でも
話をしたい

普通になりたい

話をして
笑っていたい
今は孤独しかない
寂しいよ
つらいよ
苦しいよ

困難

助けて
簡単に言えないの
簡単すぎるから言えないの

暗闇

部屋に暗闇があったら
電気をつければ明るくなる
心の暗闇は
電気をつけても意味はない

朝と夜

朝になれば人の顔に怯える
夜になれば暗さに怯える
怖くない日なんてなくて
このままじゃないかって
不安ばかり

止まるのは怖い

目覚ましが鳴る5分前
あと少し眠れた
後悔をした
聞きなれた音
重たい体を無理矢理に起こす
一日の嫌な気持ちが重くする
止まってしまいたい
止まってしまえば楽になる
だけど
もう歩めなくなりそうで怖い

青くない春

青春って何？
自分の青春なんて知らない
だって真っ暗だった
何も見えなくて
何も出来なかった

どうすればいいの

睨んだって
憎んだって
あんたはいなくならない
だったら
この目はどこに向ければいいの？
この気持ちはどうしたらいいの？

ひと言だけ

苦しいときに笑う
悲しいときに笑う
誰かに気づいてほしい
気づいてほしくない
どうしたの？
そのひと言が欲しかった

誰かさん

走れない
怖くて前に進めない
誰かに押してほしい
その誰かさえいない

サイレント

涙は音がしない
気づかれないように泣く
口を押さえて声を殺す
流れる涙は止まらない
涙に音がなくてよかった
簡単に気づかれてしまうから

コップ

涙が止まらない
コップに溢れても止まってくれない

場所

泣きたいよ
叫びたいよ
でも
もう私には泣く場所も
叫ぶ場所も
なくなっていた

苦しい

生きてるだけ
自分がわからない
ただ過ぎていく毎日
先のことなんて考えられない
逃げてるんじゃない
本当にわからないんだ

隠す涙

音もなく流れる涙
誰も知らない場所で
誰にも聞こえない場所で
隠すのが精いっぱい
流れる涙を拭きとって笑う

月あかり

月が私の涙だけを照らす
笑っているのに
泣いている私しか見えない

劣等感

劣等感を感じて生きていくのはつらい
劣等感なんて感じたくない
こんなのいらないよ

チカラ

怒りが力になればいいのに
怒りは身体中を巡る
腹も立つし嫌にもなる
なんで私だけ…
卑屈にもなる
嫌な感情も力にすらならない
ただ身体中を巡って終わる

わたしの日常

天井と友達になれるくらい
寝て終わる日々
動けないけど
あんなこともしたい
あんな風にもなりたい
天井に話しても声は聞こえない

血と涙

血のように涙が流せたら
私は容易く生きられるだろうか
血のように涙が流せたら
私は迷ってなどいないだろう

バラバラ

心がここにあって
体もここにあって
気持ちはあっちにあって

教室

泣けない
つらい
わからない
教室の中で顔を隠して溜息をつく
束の間のお休み

いつかはないけど武器はある

いつかはきっと来ない
信じれば信じるほど痛い
自分が醜い
いつかなんて誰が決めた
私はいつかがあるなんて思わない
だって
人はいつか死んでしまうのだから
子供は真似をしたがる
大人になっても真似好きはいる
私の苦手なタイプ
真似してもいつかは違うことをする時が来る
同じ服を着ても自分の好きな服が発売される
真似する自分から自分らしさに変わる
同じが普通に思えてた
でも自分らしさは武器だ
無敵な武器だ
その武器を捨てないで生きていく
自分らしさは私らしさ

桜と涙

風が吹いた
桜の花びらが勢いよく落ちる

春は好きになれない
私の気持ちはスタート出来ない

新しい未来、新しい自分へ
なんて言われて
スタートしても簡単に走れない

新しい靴を履いて
みんなと同じ鞄を背負う

同じはずなのにスタート出来ない

解けた紐が結べない
怖くて不安で結べない

新しい未来を見たい
自分の未来を見てみたい

同じ鞄を背負ったみんなが走って行く
重い明日を背負って走って行く

重い鞄がつらい
歩きにくい靴が嫌い

頬に涙が流れる

風が吹く
涙が勢いよく流れていく

腫れている

いつもつらい
いつも苦しい

泣きすぎた目は腫れる
泣かなきゃよかった

鏡で見てもわかるくらい
小さくなった目

瞼が痛々しく腫れる

誰にも見つけて欲しくない

泣いたことを隠したい
つらいことは見たくない

私の心も腫れている瞼も
隠してしまいたい

心は嘘の笑顔で隠す
腫れた瞼は前髪で隠す

心配する声が痛い

何もできないのに
私が頑張るしかないのに

心配するその声が痛い

心に響いて痛い

私の世界

傷ついた
その瞬間、パリンと何かが割れた

喧嘩よりも苦しかった

信じていたものが嘘に変わる

人の心は変わっていく
昨日あったことも
今日の出来事に変わっていく

悪口もあの子が言われていた

今日はルーレットのように変わる

知らない間にルーレットが始まっていた
私の心は凍りついた

いつか来るのはわかっていた

変わらない風景に私の存在だけが
変わっていた

誰がルーレットを回したのか
捜すのも怖かった

この世界を飛び出せば違う世界がある
わかっている

小さい世界が今のすべて
ここが私の存在するすべて

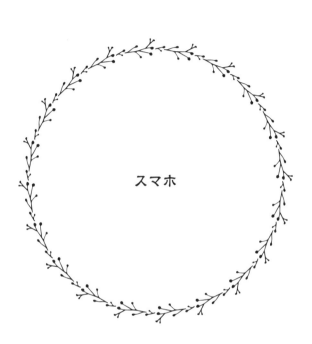

スマホ

パソコンとスマホ

待ち合わせ時間はまだある
私はパソコンを開いた
周りで待ち合わせしている人達
スマホで下を向いている
その中に未来があるのか
人生の答えがあるのか
周りを気にしないで夢中になる
私は開いたパソコンに文章を打ち始めた

既読

通知でスマホが赤く点滅する
友だちからのＬＩＮＥ
お知らせが三桁
見るのもめんどくさい
話はすぐに流れる
追いつかない
ひとりぼっちになってしまう
話を合わせるだけに三桁の通知を見た
ひとりぼっちは嫌だから

輝く世界とさよなら

知らないところへ行きたい
スマホなんて要らない
通知音がすると胸がドキッとする
ＳＮＳを見たら最後
キラキラの世界に絶望する
生活の違いにめまいがした
こんなキラキラしなくていいから
わたしを自由にしてほしい
知らないところへ行ってしまいたい
別に死にたいわけじゃない
だから安心して大丈夫だよ

スマホで攻撃

便利な機械は怖い
スマホは心を壊す
文字を打って狙いを定める
決定のボタンを押してしまえば攻撃できる
文字で簡単に攻撃が出来てしまう
ピストルよりも相手を苦しませる
見えない傷が心を蝕む

輝く投稿よりも

電車に揺られて行く

外は夕焼けを過ぎて真っ暗になった

日が沈むのが早くなる
寂しさも早く訪れる

首に巻いたマフラーが暖かい

スマホを使えば手が冷えてしまう
寒くて手が赤くなる

画面には羨ましい投稿ばかり
輝いた人生ばかり

自分を惨めに思って苦しくなった

輝いた人生じゃなくていい
月の明かりだけでもいい
画面の中の私を光らせて

自慢したいわけじゃない
羨ましいと思う感情がいらない

ずっと羨ましいって思ってきた
みんなが笑っているとき
私は泣いていた

外を見ると無数の星と月

画面の羨ましい投稿より
輝いた人生より
輝いた世界があった

機械と生きる

スマホはずるい
気まずくなったら逃げられる

パソコンはずるい
つらくなったら再起動できる

生きている限り逃げることも
再起動することもできない

スマホが通知を知らせる
見たくない現実

パソコンが動かない
イライラする気持ちを殺して
電源ボタンを押す

周りから聞こえてくる痛い声
耳を塞いで逃げてしまいたい

動かない心と体
再起動のボタンがあればいいのに

昨日は昨日
今日は今日

再起動して動けるなら
また立ち上がって進めるなら
生きていける
明日を生きていく

プラスとマイナスと

－も＋も使える

人生を＋にして生きてきた
人生を－にして生きていた
プラスもマイナスも
私の心が決めること
マイナスもプラスも
私が使うのを決めること
あの時のプラスも
この時のマイナスも
おかしくない
使ってもいいの

混ざった色

パレットにたくさんの色
混ぜてみた
まるで私の心だ
汚くてきれい

得たもの捨てた

ガラクタの部屋に
くだらない事が溢れてる
いらない気持ちも
嬉しくない気持ちも
落ちている
くだらないウソ
優しいウソ
どれが必要なのか知らない
テキトーに拾うたびに
テキトーに捨てていく

立ち位置

自分には何もない
大人という言葉を使う年齢になる
右手は希望
左手は絶望
希望を捨てきれない
だけど
希望を維持する覚悟もない
自分が彷徨っているのがわかる
いつ辿り着くのかわからない
方位磁石が欲しい

戻る

苦しいよって叫んだ
風が吹く
やっとどこかへ行った
また風が吹く
元に戻ってきた

迷子が負ける

自分のしていることに迷いが生まれた
こんなでいいのかな
心の中で邪魔をする
見つけた何かも粉々になった
自信が薄れていく
このままで終わりたくない
迷って打ちひしがれる
世の中には勝てない

記事より今

目の前にある新聞
悲しい記事と未来の計画
人生より忙しい世界だ
誰かのための計画
誰かの悲しい出来事
新聞を読みながら人生を感じる
自分の未来を考えた
悲しくなった
記事よりも

絡まっている

何かが上手くいかない
気持ちと思考がぐちゃぐちゃ
整理したいコードも絡まり放題
解くのも嫌になる
買いに行くにもドアが重い
仕方なく解いていく
少しずつだけど解けるコード
わたしの心もこうなりたい
解けたコードとは真逆に心が痛む
わたしの絡まっているものは上手く解けない

愛と恋のおはなし

恋愛のおはなし

愛のはじめは恋？
恋のはじめは愛？
それとも優しさ？
生きていて好きな感情を
いろんな場所から拾っては捨てる
私には愛も恋も難し過ぎる

暗い正体

心に暗い何かが居座る
その正体はなんだろう
普通に暮らしてる
普通に生きてる
苦しいことも悲しいことも
特に感じない
なのに一瞬ふと消えたくなるほど
暗い何かが現れる
あの子は可愛くって素敵
あの人は頭が良くてハンサム
また暗い何かが現れる
そして消えていく

別れて始まる

恋なんて矛盾のパレード
終わったとしても
また始まる
コップに氷をカランと入れる
時間が経ち雫が流れる
別れても流れる恋心
また拾っては導いていく

いつかは冷めるよ

コップに口をつけミルクティーを飲んだ
小説を読んでいたせいで冷めている
熱いものはいつかは冷める
愛もそうなのか
慣れてしまえば冷めてしまうのか
そんなことはないだろう
小説の恋愛はいつまでも温かい
綺麗な物語が私の頭を独占していた

秋の恋心

台風が過ぎてしばらく経った
暑くなると予想していたが外れた
わたしは秋らしい服を着て散歩をする
まだ季節は夏を残している
木々の色もまだ赤くない
通りすがりのカップルも手を繋がず
ソーシャルディスタンスを保ちながら
歩いて行く
きっと木々が赤くなる頃
カップルは手を繋いで温め合うだろう
少し前のわたしなら羨ましく思った
でも今は微笑ましく感じる
恋愛が出来ることはなんて素晴らしいんだ
この年齢になると恋心が可愛い
秋はセンチメンタルになる

暖色系

期待

眠れない夜
そっと電気をつける
眩しくて思わず目を閉じた
明日の自分は笑えるかな？

私達の感情

幸せな人にはわからない感情
幸せな人には気づけない感情
見つけた私達はラッキーなのかな？

自分

苦しい世界にいても
頑張るのは自分
助けてって言うのも自分
そんな強さがほしい

これが私

あなたのそばで泣いたり
笑ったり
本当に忙しい私なのです

心を強く

自分には何もないよ
頭もよくないし
強いわけでもない
けど強くありたい
出来なくても強くいたい

大事なこと

泣いてもいいじゃん
笑えるなら
怒ってもいいじゃん
ありがとうが言えるなら
そうやって生きていく

一歩先

先の自分が見えないから
先回りして見てみたい
そんなこと思ったの

時間が必要

雫がコップに溜まるまで
時間がかかるように
私の心が温かくなるには
もう少し時間がかかりそう

比較

比べる気なんてないのに
話を聞いたり
見たりしちゃうと比べちゃう
弱いとか強いとか関係なくて
羨ましいって思うの

半分こ

緊張を分け合えたら
安心するのかな?
そうしたら
頑張れる人が増えるのかな?

覚悟

消したくない記憶
なくしたくない体験
私のような人は増やさない

はじまり

ふーふー
私のそばには冷たい風
なのに息を吹きかければ温かい
人の優しさのはじまり

メッセージ

私の叫びがいつか
誰かの心に届きますように
私のこの声がいつか
誰かの心に残りますように

隣にいたい

助けたいなんて言わない
ただそばにいさせて
わかるよなんて言わない
ただ手を握らせて
一緒に今日を過ごしたい
そして明日もここにいたい

自然のバトンタッチ

車の行き交う音
壁には英語の落書き
道端には綿毛のたんぽぽ
フーッと息を吹きかけると綿毛がふわふわ飛んだ
また新しいたんぽぽへバトンタッチ
新しいたんぽぽに出会えるかな

夏の魔法

都会のアスファルトは熱が凄まじい
田舎の暑さとは比べものにならない
むわっとする
その空気が田舎者には耐え難い
魔法使いがよく使うあの煙みたい
アスファルトの空気で魔法が使えるなら
都会の夏も乗りこなす

日焼け止めと日傘

晴れた日はなんて清々しいんだ
パソコンとにらめっこし続けて
苦しくなった心に空気が入る
太陽はわたしの皮膚をじりじりと突き刺す
夏が来ていた
日焼け止めと日傘を買おう
肌と自分を守ろう

違うがいい

黄色いひまわりの中に青いひまわり
一輪だけ咲く
場違いと気づいているのか下を向いている
黄色いひまわりは胸を張るように太陽へ向く
優しい風で青いひまわりが揺れる
風が吹くと青いひまわりは黄色いひまわりと
仲良く同じ方向へ揺れた
綺麗な青いひまわりだ

追いかけっこ

爪が伸びて切って
切って伸びて
終わりのない追いかけっこ
これが生きるということかな

自由なら

全てが正しいのなら
私は×ばかりだ
全てが自由なら
私は笑っていれた

親と子

親は近い存在
いなかったら私もいないのに
近すぎて間違えることもある
傷つけて傷つけられても
やっぱり親子なんだね

日本のアキ

よく晴れたアキの日
ふわっと吹いた風に秋の香りがした
赤い道を歩く
ザクザク枯葉の音がする
いつもの道が別世界になった
季節の魔法は日本だけ

好き嫌い

嫌いな人がいるってことは
人に興味があるんだ
私、前に進んでる
でも嫌いは嫌い

ありがとうの文末

言えないことがある
言葉に出せない私は手紙を渡す
文末は決まっている
読んでくれてありがとう
言葉に出せない私は"ありがとう"さえ
文字でなければ伝えられない
悔しい
声に出して伝えたい
言えない
ノートに言葉が溢れていく

何万回も喜怒哀楽

生まれてから命が消えるまで
何百回、何千回、何万回
泣いて笑ってを繰り返すんだろう
無限の涙を流しては毎日を過ごしてゆく
一日だけでも幸せな時間が訪れますように

進む午前零時

時計は午前零時を過ぎていた
暗い静かな部屋で
パソコンのタッチ音が響く
時々パソコンがゴーと機械音を鳴らす
指のささくれが気になる
考え事をすると無意識に触ってしまう
痛みでパソコンの明かりに気づく
時計は予想以上に進んでいた
指先がひりひりと痛む
さて寝てしまおう

オレンジライト

幼い頃からあるライト
寂しい夜は温かい色に救われた
パン！　と両手を叩くと光った
パンパンパン
３回叩くと明かりも点滅する
歌いながら手を叩いた
少しずつ瞼が重くなる
パン！
手を叩くとライトは優しく消えた

理想ノート

久しぶりにペンを持った
ノートも開いた
自分の中の理想をひたすら書く
何かに羨ましがり
何かにすがりつく
それで何年も生きた
私の答え

花の束

今の時間は当たり前じゃない
いつかお互い消えていく
後悔はしたくない
意地っ張りを捨てた
ありがとうの花束をあげる

未来と希望と

喜怒哀楽と生きる

音がする
リズムをとる
音になる
生きていく
日常ができる
悲しみができる
楽しさができる
人生になる

山積みのモチベーション

明日の天気は曇り
洗濯物を干したいのに曇り
明日への期待が下がる
溜まった洗濯物とにらめっこ
考えることは山のようにある
洗濯物で悩みたくない
明日への期待を上げるため
コインランドリーへ向かった

一度だけの夏

消えないように消えないように
小さな手に包み込まれた蛍
女の子の顔は優しく微笑んだ
綺麗な川にしか生存しない蛍
その小さな手の中が綺麗な川より
居心地が良いのか
蛍の光が強くなる
女の子はそっと蛍を逃がす
また会えたらいいな
小さな声が川のせせらぎに消える

脳内ノート

ノートが風でぺらりと開く
汚い字で書かれた数式
あっているのかわからない回答
風が吹くとノートの音がした
ノートに頭を近づけた
脳内にインプットされないかな
よくある願いを望んだ

ごめんねの場所

誰もいない教室
カーテンはゆらゆらと風を包み込んだ
生徒の声が校庭から聞こえる
一度も登校していない君の席
カーテンが机を優しく撫でる
あなたの場所はあるからね
いない君に話しかけた
君に会えるまで私でいること
挫けそうな私を救ってくれた君
待っている

特別じゃない

授業参観
好きな画用紙を持つ
女の子はピンク
男の子はブルー
私はオレンジを持つ
ピンクとブルーの中にオレンジ
社会でも目立っていく
好きな画用紙にSOSを書いていく

死ぬ前に

自分が死ぬとき
あーよかったよりも
生きたなーって思いたい
それくらいは思いたい

気持ちがいい

光の先に何があるかわからない
そこには冷たい風が吹くかもしれない
強い風があるかもしれない
それでも走ってでも行きたくなる
わかっていても
知っていても
それでも走りたい
もし何もなくても

私と再会

柱に幼い頃の身長の印が書いてある
印を指でなぞる
薄ら消えかける名前が幼く感じる
こんなに小さかったのか
声に出した
小さいわたしは
どんな未来の自分を
想像したのだろう
どれだけ遠くにいるのだろう
今のわたしはここにいる

きっと幼いわたしが見たら
がっかりするだろうな
何もない
何も持っていない
だけど身長だけは伸びた
君より大きくなって生きてるよ

チキンで願う

クリスマスツリーが光る
チカチカ点滅する
カップルは手を繋ぎ笑い合う
クリスマスツリーより輝いている
チキンを２つ買った
次のクリスマスへの期待
未来への願い

ひとつ輝く

特別なものは何よりも
素敵に見える
だから四つ葉のクローバーを
すぐに見つけた
輝くあなたにこんにちは

世界を平和に

時計が一秒一秒進んでいく

私の人生も確実に進んでいく
どのくらい時間が残っているのか
誰も知らない

小さく生きても大きく生きても
時計は進んでいく
それなら大きく生きてみたい

誰かを救いたい
誰かの為になりたい

もっと大きいことを言ってしまえば
世界を平和にしたい

傷を負っている人
傷を隠している人

どんな傷でも痛みは一緒

世界にある時計の一秒先で暮らす人
みんなの痛みをなくしたい

時計が一秒一秒進む
終わることはない

だから大きいことも言える

太陽と洗濯物

太陽の光が眩しい朝

タオルがゆらゆら揺れている

柔軟剤の暖かい香り
風に乗ってくる

太陽の光はキラキラしていて
目を閉じてしまう

太陽ってこんなに眩しかったのか
久しぶりに外へ出た

昨日までの憂鬱が嘘みたいに
風と流れていく

生きている
小さいけど確かに思った

いつも憂鬱が隣にいる
どんな未来を見てもついてくる

暖かい香りがした
強い風も吹いた

未来への憂鬱さも消えていく
ほんの一瞬だけど思えた

今日はいい天気
素敵な洗濯日和だ

日常

電気がチカチカする

文字を書いているのに書けない
とても書きづらい

暗くなる
明るくなる

電気の寿命がきてしまった

何年前に替えたのか思い出す
あの時も何かを書いていた

変わらない自分に笑ってしまう
何年経っても簡単に変わらない

周りは変わっていくばかり
私はあの頃と何か変わったのかな

チカチカする電気

早く替えないと頭が痛くなる
目も悪くなってしまう

最後の文字を書き終わる

外は暗くなる少し前

早く替えよう

新しい明かりと過ごしていこう

母の愛、父の愛、
私の愛、友の愛

母の声

ありがとう
そう言えたら
はなまる
そう言ってくれた母
今は何をしたら
はなまるをくれますか？

父の声

無口な父が言った
"頑張ってるな"
そのひと言で胸がいっぱいになる
見ていないと思ってた
知らないフリをしてると思ってた
父なりに見ていてくれた

友の声

前に進むとき
不安な私に友は言った
"応援する"
どんな応援団も敵わない
どんな声援にも負けない
私より力強い声だった

ごめんね

母親の背中が見えた
小さくなった母に悲しくなる
前に進めていたら
小さくなる母の背中を止めたい
もう苦しくさせたくない

お母さん

お母さん
泣いて産まれた私も
笑えるようになったよ
愛をたくさんもらって

母との冬

寒いから好きな上着を着る
温かい何かを感じた
母のぬくもりを思い出す
寒くて少し震える私にマフラーをそっと
母はかけてくれた
笑いながら寒いねの言葉には説得力はない
母の温かさを感じているから尚更だ

手と手

手が冷えた母の手
頑張っている母の手
その手が私の手を握る
母は笑いながら言った
"温かいね"
悲しくて胸が苦しくなった
温かい涙しか流れなかった

母のように

変わらない毎日
母の料理を作る音で起きる
何をしても見つからない
夢の先に何があるのか
母のようになれるのか
大人になれているのだろうか

繋がった心

太陽が当たる椅子に座り本を読む

ニャーと外から聞こえた
どこかへ行きたいと鳴いている
君はどこへ行きたいのかい
心の声で話しかける

しばらく静かな時間を過ごす

本の一ページ
心が繋がれば動物と話せるらしい

心が繋がるとはどういうことだろう
話ができる人間ですら難しい

太陽が沈み
どこからかカレーの匂いがする

ニャーと外から聞こえた
帰ってきたよと鳴いている
おかえりなさい
心の声で返事をする

ニャーと鳴く

猫の姿は見えない
私の姿も見えない
心と声のやりとり

晴れた日はまたおいで

しばらくして聞こえてきたのは
優しい鳴き声

得意料理

夕方のチャイムが街に響く

ご飯作らないと…
母がポツリと呟いた

母の得意料理はカレーライス
ありきたりだけど温かい味がする

好きなカレーライス
あと何回食べられるだろう

母の小さくなった身体
頑張ってきた両手
ゆっくりになった歩幅

ありがとうの気持ちと悲しさを感じた

母の存在は当たり前じゃない
生きているものはいつかは消えてしまう

母は笑って言う
お母さんもいつまでご飯作れるかな？

いつまでも食べていたいよ
笑って言いながら心が痛い

母を大事にしよう
何気ない日常を大事にしよう

好きなカレーライスのように
じっくり日々を過ごしていこう

伝えたいこと

ありがとう
文末は決めている

初めてもらった手紙
嬉しい言葉が並んでいた

優しくて柔らかい文字
寂しさを消していく

私の文字はカクカクしていて
緊張しているようだった

頭の中にある言葉をかき集めて
順番に並べて書いていく

自分の気持ちを書くのは得意
あなたへの気持ちを書くのは難しい

書いては消して
消しては書いていく

消しゴムも小さくなっていた

どのくらい時間が経ったかな

子どもたちの笑い声
夕方のチャイムも重なる

文末にはありがとうの言葉

明日、渡そう
絶対に渡して伝えよう

私のこと

　12歳の時、学校へ行かないことを選びました。
　当時は今よりも不登校への理解があまりなく、近所の人や周りの目が敏感になったため、私と母は苦しい日々を過ごしました。母は学校へ戻った時のことを考え、毎日勉強だけはするようにと厳しく言ってきました。
　私は自分だけの時間割を作り、苦手だった自学自習をして日々を過ごしていました。
　大人への不信感、周りへの恐怖、孤独を感じていたある日、その気持ちが溢れてしまうと精神状態が一気に悪くなりました。そこには、人と話すことが減ると自分の気持ちの伝え方がわからなくなり、泣き叫ぶことしか出来ない私がいました。その姿を見た母はどうすることも出来ず、一緒に苦しむしかない日々を３年以上過ごしました。

　友達が欲しい。誰かと話したい。遊びたい。
　みんなと同じ生活がしたいと思った時には学校へ行くことも友達に会うことも怖くなり、家から出られなくなっていました。
　自分の気持ちが伝わらない、声に出して話せない。
　気持ちをコントロール出来ず泣き叫び、物に当たる私を、母は抱きしめてくれることが多くなりました。母の

優しさを感じたある日、自分の泣き叫んで死にたくなる日々を一行だけ文字にしてみました。今の思いや願いを言葉にして繋げていくことが楽しくて嬉しくて、中学生の頃に詩を書き始めました。

　高校３年生でまた不登校になりましたが、その時も詩は書き続けていました。

　私は青春がわからないし友達との思い出もあまりないですが、ペンとノートだけは消えずに残っていました。消え残ったノート、ペン。そして言葉に救われました。

　いつの日か私が書いた言葉の文字たちが誰かの心に残っていられたら、私はとても幸せなのです。

著者プロフィール

石川 みずほ（いしかわ みずほ）

4月3日生まれ
山梨県出身

消え残ったペンとノート

2023年9月15日　初版第1刷発行

著　者　石川 みずほ
発行者　瓜谷 綱延
発行所　株式会社文芸社
　　　　〒160-0022　東京都新宿区新宿1−10−1
　　　　　　　　電話 03-5369-3060（代表）
　　　　　　　　　　 03-5369-2299（販売）

印刷所　株式会社平河工業社

ISBN978-4-286-24440-2